AF382546

Liberty
et autres nouvelles

Romain Gorce

Édition : BoD • Books on Demand GmbH, In de Tarpen 42,
22848 Norderstedt (Allemagne)
Impression : Libri Plureos GmbH, Friedensallee 273,
22763 Hamburg (Allemagne)

MESSAGE AUX LECTEURS

Si le passage à l'autoédition m'a bien apporté quelque chose, c'est la liberté. Aucun lien pourtant avec le titre de la nouvelle éponyme de ce recueil mais la coïncidence est belle.

Je n'ai plus besoin de réfléchir en terme de ligne éditoriale, de délai ou de confiance… Je travaille avec qui je veux et je peux enfin transmettre certains textes, courts ou non, anciens ou non, que je souhaite partager avec les personnes assez curieuses pour tourner ces pages.

J'ai écrit peu de nouvelles dans ma « carrière » (à vrai dire elles sont toutes dans ce recueil), mais il me tenait à cœur qu'elles prennent leur envol. Je leur dois bien ça. J'ai même l'impression de devoir cela à tous mes écrits. Chacune de ses nouvelles a été un exutoire, une idée longtemps germée qui a enfin vu le jour. Pourquoi les laisser dans un ordinateur, cachées de tous ?

Une sorte de hasard (il n'y a pas de hasard) fait ressortir un thème assez clair et une énergie commune à ces histoires…

Parcourez ces pages en vous immergeant dans une compilation de piano de Ludovic Einaudi. Laissez-vous aussi emporter par Alyve Music, et ses morceaux *Nightscape*, *37* et les autres.

Alors les voilà… dans un ordre déchronologique d'écriture…
Il est des hommages qu'on veut crier au monde.

LIBERTY

(Achevée à l'automne 2022)

À ma femme, A.
À ma fille, N.
Et à ma fille, D.

*

Ce texte est né de l'écoute d'une chanson de Kelly Jones nommée
« Liberty », tirée de l'album *Only the names have been changed*. Si les
sujets n'ont rien à voir entre eux, ce titre m'a inspiré une ambiance,
puis une histoire.

*

Je fus réveillé par une impression de début de vie. Comme une seconde naissance. J'étais un nouveau-né avec la conscience qu'il ne savait rien.

Je renaissais sans pleurs, sans cri, sans peur.

Dès mon réveil, mon esprit se focalisa sur la sensation de chaleur et d'inconfort. Mon corps reposait sur une surface dure, chaude et granuleuse. Mes yeux s'ouvrirent en luttant contre la lumière vive du soleil pour découvrir le bitume gris sur lequel j'étais allongé et, au-delà, le sable rouge.

Je ne bougeai pas.

Malgré l'urgence qu'aurait pu éveiller en moi le fait d'être au beau milieu de ce qui semblait être une route, je demeurai immobile. Le vent chaud soufflait en silence, charriant avec lui des nuées de poussière. Je me sentais étrangement bien, en dépit de cette incompréhension lascive. À plat ventre, la joue gauche écrasée contre le sol, les yeux ouverts sur le rien et les mains posées au niveau de ma tête, je me laissai le temps de décider. Allais-je me rendormir, me lever ou mourir ?

Rien ne m'obligeait à trancher. Pas pour l'instant.

Mes yeux engourdis captèrent l'encre noire au creux de ma main à demi ouverte. Je n'eus qu'à faire légèrement pivoter le poignet pour prendre connaissance du message à peine caché :

Liberty

Ce mot et cette écriture allumèrent quelque chose en moi. C'était comme si le lire avait donné vie à une partie de ma conscience.

Il n'y avait rien eu avant.

Pas ici.

Pas maintenant.

J'ouvrais les yeux sur cette existence nouvelle. J'aurais aimé *vouloir* paniquer, hurler, bondir sur mes pieds pour enfin agir et comprendre… mais il n'y avait rien de tout cela en moi. Cette absence de toute impulsion ne provoqua rien d'autre qu'un léger doute. La seule véritable énergie qui circulait dans mon être était *l'éveil*.

Prenant appui sur ma main droite, je roulai sur le dos, pour finir en étoile face au bleu du ciel. Pas un seul nuage ou avion pour venir casser la perfection du dôme azur. Les gravillons du bitume collés sur ma joue se décollèrent et allèrent retrouver le sol dans un cliquetis surnaturel. Rien ne bougeait, rien ne se passait. Le temps, la Terre, moi, nous étions là. J'appréciais de ne rien savoir, de ne rien espérer, de ne rien craindre, de ne pas désirer… J'appréciais juste *d'être*.

Je crois que je me rendormis. Je n'en suis pas sûr. En rouvrant mes paupières, le soleil était toujours là, épinglé au-dessus de moi. Il brillait sans aveugler.

Il me semblait que je pouvais tenir l'astre solaire entre mes mains, qu'il me suffisait de le décrocher pour le faire mien. Je tendis le bras. Mes doigts ne purent que frôler ses rayons et jouer avec. Flashs et ombres se succédaient devant mes yeux, créant des images rémanentes. L'espace d'une fraction de seconde, mon esprit se transposa à la place du soleil ; et je vis. Un immense désert rouge sans fin, une route comme un fil de couture tombé sur un sol de tomettes, et un point noir, les membres en étoiles. D'homme, j'étais passé à dieu puis de nouveau à homme dans l'éternité d'un claquement de doigts.

Un simple mouvement de bassin me fit passer à la station assise sans effort et je découvris enfin ma tenue. Un costume cravate noir, une chemise blanche et des chaussures de ville noires. Pas de montre, pas de chaîne, pas de bague. M'avait-on volé mes biens ? En avais-je seulement possédé ?

Me mettre enfin debout parut activer une énergie inattendue. J'éprouvai le besoin de dégourdir mes muscles, d'inspirer profondément, et même de grogner, comme pour me prouver que j'étais capable d'émettre un son, sans pour autant vouloir parler.

Face à moi, la route s'allongeait à l'infini, prenant exemple sur le désert. La planète Terre aurait aussi bien pu s'arrêter net sur la ligne d'horizon, comme tranchée par une épée divine, ou bien n'être qu'une boule de sable ceinturée d'une seule et unique route dans un décor monotone. Peut-être qu'avec de bons yeux, j'aurais pu me voir de dos, au loin, en train de m'observer, dans une boucle tout aussi infinie.

Mes jambes n'attendirent pas ma réflexion pour se mouvoir et faire un demi-tour, comme si elles savaient que la suite de mon chemin se trouvait par là.

Sur le bas-côté gauche, une maison en bois. Ou plutôt une immense cabane extirpée de mes souvenirs. Je l'avais déjà lue. Elle abritait un oracle ou une vieille dame, je ne savais plus. Les murs, jadis d'un blanc immaculé, avaient subi les assauts du sable. Son toit fatigué supportait avec peine une cheminée à moitié écroulée. Sur le porche, un vieux monsieur était assis sur un banc. Peut-être était-il mon oracle ?

Son pantalon large d'un bleu passé était tenu par une paire de bretelles marron qui contrastait avec son t-shirt jaunâtre. Il portait un chapeau mou et me regardait en mâchouillant une brindille. Ses mains étaient agrippées à une canne qui lui servait à reposer son menton.

— Je vous attendais, dit-il à mon intention en tapotant la place à côté de lui.

Je l'ignorai un instant, tournant sur moi-même pour me reconnecter au vide apaisant. Mes yeux se posèrent à nouveau sur l'endroit où je m'étais réveillé. C'était le point de départ de quelque chose. Le point d'arrivée aussi.

Mes pensées étaient confuses. Je sentais un tiraillement en moi, très doux, très lent, comme plongé dans le fond d'un lac à l'eau claire. Un Moi d'avant et un Moi de cet instant se disputaient poliment la place comme dans un jeu courtois de corps musical, les deux versions de moi-même, ne sachant laquelle devait prendre le contrôle.

Lorsque je reportai mon attention sur le vieil homme, il n'avait pas bougé, sa main toujours posée sur le banc dans une invitation à le rejoindre.

Mon corps se mit en mouvement. Je quittai la route qui m'avait vu naître, rejoignis le bas-côté et gravis les deux marches du perron avant de m'asseoir à ses côtés sans cérémonie.

Nous attendîmes. Les regards pointés sur le droit devant, vide et beau comme la croisée de chemin des choses qui avaient été, de celles qui sont, et des autres qui seraient un jour. Aucune pensée ne tournait dans ma tête, rien ne venait altérer ce moment de calme spirituel. Je fus donc surpris de moi-même lorsque je pris la parole :

— Pourquoi est-ce que je ne ressens aucun besoin de savoir pourquoi je suis là ?

— Parce que c'est là que tu es et que tu dois être ? tenta le vieillard.

— Et pourquoi est-ce que je ne ressens pas le besoin de savoir d'où je viens et où je dois aller ?

— Parce que tu ne seras jamais autant *ici et maintenant* qu'*ici et maintenant*. Alors, à quoi bon se soucier de l'avant et de l'après !

Je tournai la tête vers lui pour découvrir le regard espiègle qu'il posait sur moi. D'une manière incompréhensible, sa réponse me satisfaisait. J'étais ici et maintenant. Pas avant ni après. Pas ailleurs.

Rien n'était plus vrai.

— Vous aussi êtes *ici et maintenant ?*

— Évidemment. Comme tout le monde. Mais les autres ne le sont pas autant que nous, puisque le « ici et le maintenant » d'ici et de maintenant sont infinis. Pour les autres, ailleurs, il y a une limite dans le temps et l'espace.

— Je ne suis pas sûr de tout comprendre mais, étrangement, je suis d'accord, déclarai-je, amusé, après un temps de réflexion.

— C'est tout ce qu'il y a à savoir.

Le mutisme à nouveau. La redécouverte émerveillée de ce que j'avais eu l'impression d'avoir observé des heures durant depuis mon réveil. Comme une boucle composée d'une multitude de « ici et de maintenant », chaque instant comptait comme jamais. Les jours et les nuits se succédaient ou n'existaient pas, à ma convenance. Même le petit vieux n'avait aucune existence au-delà de ma volonté de l'avoir à mes côtés. La sensation d'être un dieu tout en étant ma propre création.

— C'est un rêve ? demandai-je par pure curiosité.

Le vieillard se contenta de hausser épaules, sourcils, lèvres, et presque tout son corps. Il ne connaissait donc pas toutes les réponses.

— Non, je ne les connais pas, avoua-t-il, répondant à mes pensées.

— Je peux choisir de rester là ou de partir sur la route ?

— À cet instant, tu ne sais pas. Tu ne le sauras que quand ça se passera.

— C'est comme le destin ?

Il fit une moue de désaccord, ses yeux toujours rieurs.

— Je ne sais pas tout, mais je sais que ce n'est pas ça.

— Je vais rester un peu avec vous. Après tout, je suis bien là… Enfin, non. Je ne suis pas « bien » … ni « mal ». Je *suis*… avec vous. Je *suis*. Rien ne me vient après ça, ça me suffit. Je suis.

Le silence retomba. Cet ici et maintenant se prolongea. Je ne perdis pas une miette de tous les instants présents qui se succédèrent.

Un an ou une minute passa.

— Vous allez être ici longtemps ?

— Je ne sais pas. Un *ici et maintenant* en remplace un autre. Je suis peut-être ici depuis moins longtemps que toi. On verra bien ce qu'il se passe. Je *suis*.

— Bien, je vais y aller, soufflai-je, comme attendri par cette annonce inattendue.

Le vieil homme me sourit et reprit sa contemplation du moment présent. La maison, le porche, le vieux, tout disparut quand je remis un pied sur le bitume. Nul besoin de me retourner pour le savoir. Ces *Ici et maintenant* étaient arrivés à leur fin. Il était temps de faire place aux autres.

Marcher au beau milieu de la route s'imposa à moi. Sur le sol, le soleil haut dans le ciel créait une version noire et raccourcie de ma personne.

Partout autour, le paysage se modifia sans que j'en prenne réellement conscience, passant du désert de sable rouge à des roches grises pointant vers un ciel toujours aussi infini. Avais-je désiré ce changement ? Je ne parvenais pas à mesurer mon degré d'influence sur ce monde. Comme dans un rêve, mon libre arbitre me permettait parfois d'agir à ma guise. Cependant, les choses possédaient aussi leur propre souffle de vie.

Je marchai sans effort, sans le réflexe humain de boire ou me reposer. J'étais tout aussi dénué de ce réflexe de chercher à savoir où j'allais.

— Excusez-nous ! Monsieur ?

Derrière moi, la voix féminine sonna comme un gong dans ma tête et je ressentis le besoin impérieux de m'arrêter. Deux femmes, une rousse et une brune, me rejoignirent et chacune me prit par un bras, m'entraînant à nouveau dans ma marche.

— Ce costume, me demanda la première aux cheveux foncés, c'est pour notre mariage ?

— Non, répondis-je instinctivement, vous ne vous rappelez pas ? Nous ne nous aimons plus, vous et moi.

Elle s'arrêta net et contempla le sol, comme si la nouvelle lui tombait dessus tel un piano. Pourtant je me souvenais bien avoir quitté cette femme, il y avait une éternité ou quelques jours.

— Si, reprit-elle émue, moi, je vous aime encore. C'est vous qui ne m'aimez plus !

— Je suis désolé.

— Ce n'est pas grave, j'ai tout le désert pour vous oublier.

— Si vous m'aimez, comment avez-vous pu oublier que c'était fini entre nous ? Vous êtes mon premier amour, ça ne pouvait pas marcher.

— Alors vous me reconnaissez ? murmura-t-elle surprise.

— Évidemment. Vous êtes celui qui compte le plus, après le dernier amour.

— Deuxième dans une vie, c'est mieux que rien… Peut-être qu'un jour…

— L'espoir fait vivre, intervint la rousse.

Cette femme faisait monter en moi un feu aussi brûlant que glacial.

— Je vous connais. Vous m'avez fait du mal, lui dis-je. Je crois que je me souviens.

— Comment ça, « vous croyez » ? Vous m'avez oubliée ? Un premier chagrin d'amour, ça ne s'oublie pas.

— Regardez, monsieur, coupa la brune, votre cœur saigne !

En effet, ma chemise blanche était à présent tachée de rouge.

— Cette femme vous a fait du mal, reprit-elle.

— Et, moi, je vous ai fait du mal, constatai-je en pointant son corsage ensanglanté. Pardon.

— N'oubliez pas, susurra ma victime, j'ai toujours le désert.

— Vous saignez, reprit la rousse, mais nous ne sommes rien comparées à *elles*. *Elles* vous soigneront.

Je vibrai à l'évocation de ce *elles*.

— Vous êtes des pierres importantes à l'édifice de mes amours, mais *elles* sont la clé de voûte. Sans *elles*, il n'y a rien.

— Alors ce costume, demanda-t-elle, soudain sérieuse, c'est pour un enterrement ?

— Je ne sais pas. Je pensais le découvrir au bout de cette route. Mais quelqu'un doit-il forcément être mort pour que je sois là ?

Les deux femmes se regardèrent dubitatives. Puis la rousse expliqua :

— Voyez la Mort au sens large, pas seulement comme l'opposé de la vie.

— La Mort n'est pas l'opposé de la vie, précisa la brune avec dédain, c'est l'opposé de la naissance.

— Et l'opposé de la Mort alors ?

— Ça, personne ne le sait…

Leur chamaillerie m'indifférait. Je tournai mon regard vers le lointain. Une énergie me poussait à reprendre mon odyssée.

— Ce n'est pas la *réponse* que vous trouverez au bout de cette route, annonça la brune, sentant mon départ approché.

— Non, renchérit la rousse, là-bas, c'est le *réceptacle* de la réponse.

— Oui, et il faut trouver la *réponse* avant d'atteindre le réceptacle.

— D'accord, conclus-je avant de me défaire de leur bras et de reprendre mon voyage. Je suis sûr que si je croise mon premier amour et mon premier chagrin d'amour, je reverrai aussi mon amour véritable.

Puis, après quelques pas, une lumière se fit dans mon esprit. Je demandai en me retournant :

— Je dois trouver la réponse à quelle question ?

Mais elles avaient toutes deux disparu. La tache de sang sur ma chemise aussi.

Ce vieil homme et ces deux femmes n'avaient fait qu'accentuer mon désir de parcourir cette route. Ils n'étaient que des marches sur lesquelles j'avais dû prendre appui pour avancer. Seule l'évocation de mon véritable amour avait fait vibrer une corde en moi. Quelque chose avait résonné au plus profond de mon être pour la première fois depuis mon réveil éthéré.

Sur la route plate et rectiligne apparut un point noir qui grossissait à mesure que je m'en rapprochais. Rapidement, je pus discerner trois hommes devant un mur dressé au milieu du chemin et qui en occupait toute la largeur. J'avançai doucement pour ne pas interférer dans leur discussion houleuse. Face au mur et dos à moi, le premier, habillé d'une combinaison orange et d'un casque de chantier, se grattait la tête, visiblement en quête d'une réponse. Le second à sa droite, chauve, barbu, petit et trapu, vêtu d'un costume en tweed, était plongé dans un livre et en tournait les pages encore et encore en grommelant. Le troisième faisait des allers-retours énervés entre ses camarades et le mur en question. Il portait une paire de jeans bleue, une chemise blanche, rentrée dans son pantalon, et parlait en agitant un stylo bille.

— Comment fait-on ? Je vous le redemande, messieurs, comment fait-on ?!

— On le détruit ? J'ai les outils…

— Il nous faut l'autorisation, lâcha le littéraire avec évidence. Sans autorisation, on ne peut pas.

— Ça prendrait combien de temps pour l'obtenir ? demanda le premier en pointant un stylo inquisiteur sur le plus petit.

Après une rapide recherche, il répondit, mal assuré :

— D'après le règlement, au moins huit…

— Huit ?! Mais on n'a pas tout ce temps !

— J'peux toujours construire un escalier, proposa le manuel en mimant avec ses doigts, comme ça, on passe par-dessus.

— Oui ! hurla le premier.

— Non, contra immédiatement l'érudit en soulignant une ligne de son gros livre, je vois ici que c'est un mur classé.

— Classé par qui ?

— Par un classement.

— Un classement ?! C'est fichu pour l'escalier alors…

— Y'a toujours la solution de faire un trou pour passer en dessous… Laissez-moi un petit moment et le problème sera réglé.

Les deux autres regardèrent leur acolyte, médusés. Ils se mirent à secouer la tête avec dédain.

— Vous vous rendez bien compte, cher ami, que vous ne respecteriez en aucun cas les règles de sécurité mises en place par toute une batterie d'experts.

— Ah non, mais ça ne risque rien du tout, objecta cordialement l'homme de terrain, ne vous en faites pas ! J'ai l'habitude !

— Mais vous êtes totalement irresponsable, mon p'tit gars ! intervint le premier, son stylo accusateur tapotant le torse de son ouvrier. Vous vous rendez compte des risques que vous faites courir au chantier ? À l'entreprise ? À la ville ? Au monde entier ? Si les gars du bureau ont établi des consignes strictes, ce n'est pas pour rien.

— Euh… très bien, céda l'ouvrier, l'air penaud, mais eux sont dans des bureaux, et nous sur le terrain, alors…

Les regards choqués de ses collègues lui coupèrent toute envie de continuer dans ce sens.

— Alors, on attend ? ajouta-t-il dépité.

— Oui, cracha l'homme en jeans en rangeant son arme derrière son oreille, on attend.

— On attend, rajouta l'érudit d'un ton obséquieux en fermant son livre dans un claquement.

Puis ils se remirent à observer le mur côte à côte sans plus un mot. Je quittai donc la route pour contourner l'obstacle par le bas-côté. Lorsque je les dépassai, tous trois me fixèrent en suivant de leurs yeux de plus en plus écarquillés ma progression saugrenue, mais évidente. Dès que je disparus derrière le mur, une explosion de colère retentit. Des insultes et des menaces pour ne pas avoir respecté les règles, pour avoir défié l'autorité ou pour les avoir humiliés. Je ne reconnus que deux voix qui vociféraient à mon encontre. Quand je jetai un œil par-dessus mon épaule, j'aperçus l'ouvrier sur le bas-côté et toujours derrière la ligne du mur, me faire un signe en souriant. Je lui rendis son salut et il réagit en me pointant puis en indiquant sa paume. « Liberty » s'imposa à mon esprit. Enfin, ignorant les hurlements de ses supérieurs, il leva son pouce et me fit signe de continuer tout droit. Un sourire, puis je me retournai face à la route sans plus un regard en arrière.

Je marchai longtemps. Le longtemps de cet univers n'était jamais désagréable ou fatigant. Même si je ne rencontrai personne, les éléments du décor provoquaient une étrange intensité en moi. Du chaud, du froid, du dense, du léger… un mélange de tout ça, et d'autres choses encore. Un umami sensitif qui nourrissait mon envie d'avancer.

J'avançai en admirant sur le bord de la route le cycle accéléré de vie et de mort de toutes les plantes, arbres et fleurs que j'avais pu collectionner dans mon autre vie et laisser périr par manque de savoir-faire, d'intérêt ou de prise de temps. Je les voyais en graines, puis en bourgeons florissant avant de se rabougrir jusqu'à atteindre l'état de poussière. Tout n'était que cycle. Chaque paroxysme était majestueux, chaque fin mélancolique. Un constat d'échec, une incompréhension, un abandon, une leçon même, quand je le voulais bien.

Je vis des milliers de feuilles de papier larges comme des voiles de bateau, plantées dans le sol par un de leur coin, claquer au gré du vent sous un ciel gris. Elles étaient blanches, à grands carreaux, avec une marge rouge sur le côté gauche. Des champs de pages vierges qui symbolisaient tous mes projets d'écriture inachevés par manque de temps, d'inspiration ou simplement de rigueur. Tous ces héros qui ne connaîtraient jamais leur fin, tous ces crimes fictifs qui resteraient impunis, des histoires d'amour laissées en suspens au milieu d'un chapitre, d'une phrase ou d'un baiser. Des vengeances jamais assouvies, des amours chastes pour toujours. Des dizaines de mondes virtuels issus de mon imagination, bloqués par le bon vouloir de leur créateur, comme un dieu mauvais qui se serait endormi à l'aube du sixième jour.

Je vis aussi une forêt de notes de musique brisées. Des blanches, des noirs, des croches, des clés de FA ou d'UT inaudibles à jamais. Des demi-soupirs se ruer sur d'autres de leurs congénères pour composer un long soupir de déception avant de s'éteindre.

Au loin, des montagnes formées par des livres ouverts, posés face au sol, créaient une chaîne infinie au sommet de cuir qui se perdait dans le ciel. Des polaroids, flous ou mal cadrés, étaient balayés par des bourrasques comme des millions de feuilles mortes tombées d'aucun arbre. À cette immense décharge de projets perdus succéda un cimetière de relations oubliées. Elles étaient incarnées par des centaines, voire des milliers, de personnes immobiles, les bras le long du corps, dos à la route que j'arpentais.

Me reniaient-ils ?

Je parvenais à différencier les femmes des hommes, les enfants des adultes, les blondes des brunes, les rousses des poivre et sel, mais je ne pouvais mettre un nom dessus. Une légion d'inconnus qui avait partagé ma vie, une minute, une soirée, une année… Des routes croisées, des destins chamboulés, des regards échangés, des confiances gagnées, parfois perdues… La multitude de vies rangées dans le tiroir de l'oubli. Ils s'étalaient devant moi comme un tapis sans fin.

Non, ils ne me reniaient pas. Pas plus que je ne les reniais. Ils poursuivaient juste leur vie. Ils étaient sur leur route et moi, sur la mienne.

Aux êtres succédèrent des formes diverses, étranges, touchantes et toujours dans des proportions immenses. Plantés çà et là dans la terre rocailleuse autour de moi, je reconnaissais des bouts d'arc-en-ciel, des soleils, des animaux malformés, des maisons sans perspective, sans volume, des bonshommes sans cou, le tout comme colorié aux crayons de couleur. Des rubans éclatants montant très haut dans le ciel bleu, tourbillonnant sur eux-mêmes puis fonçant vers le sol avant de le raser puis de s'arrêter net dans leur élan. Du bleu, du jaune, du rose, du vert, du rouge, du violet, de l'orange… Un royaume de fantaisie enfantine avec ses codes que j'étais parfois le seul à pouvoir déchiffrer. Les dessins furent suivis par de grands jeux de construction abandonnés. Les briques de Lego multicolores formaient des murs ou des véhicules tout droit sortis de l'imagination d'un enfant curieux. Il y en avait de partout. Puis de moins en moins. À mesure que j'avançais, ces souvenirs se firent plus rares. Les pierres reprenaient leur place et le vide redevenait mon compagnon de voyage.

Lorsque je me concentrai à nouveau sur la route, je constatai la présence d'un homme assis en sous-vêtement sur un rocher en bord de route. Ses bras reposaient sur ses genoux. Plongé dans la contemplation de plusieurs piles de vêtements déposées devant lui, il ne me vit pas approcher. Très musclé, la bonne trentaine et brun, cet homme paraissait attendre.

Je me postai près de lui. Je crois que je le connaissais. Parmi les différents tas de vêtements, certains ne m'étaient pas inconnus.

Prenant conscience de ma présence, il leva les yeux vers moi, révélant un visage beau et carré au regard assuré.

— Tu t'es décidé ? questionna-t-il d'une voix de héros.

— Comme tu veux.

— Tu t'en fiches…

— Non, le rassurai-je, mais tout me va.

— Parce que tu t'en fiches…, souffla-t-il avec amertume.

Je ne sus pas quoi dire pour le consoler, d'autant plus que j'ignorais ce qui l'attristait autant. Tous ces costumes lui allaient à ravir, je ne savais pas comment je le savais, mais je le savais. L'orange, le bleu à l'armure blanche et doré, le rouge et bleu, le noir… Il serait héroïque et deviendrait un modèle quoi qu'il en soit.

— Il y a ce que tu oublies comme tous ceux que tu as pu voir dans les champs. Puis il y a ce que tu délaisses.

— Je t'ai délaissé ? demandai-je, désolé.

— Moi… et tes rêves d'enfant surtout. On le sait que ça va arriver, c'est mécanique en grandissant. Mais ça n'empêche pas de faire mal.

— J'aime toujours les superhéros, tu sais.

— Tu aimes en *avoir*. Avant, tu aimais en être un. Tu *voulais* en être un.

— Et ça change beaucoup de choses ?

— Tout. Mais ce n'est pas grave. Tu ne dois pas abandonner. C'est important.

— C'est pour ça que tu es là ? Que je te vois, *toi ?*

— Je symbolise quoi pour toi ?

— Le courage ?

— Tu vas en avoir besoin, petit. Beaucoup ont passé une éternité à errer ici, à s'en contenter.

— C'est vrai qu'on est bien ici. Pas de douleur, pas de peur.

— Un leurre.

— Je peux m'en contenter…

— Ce sera ton choix… mais tu sais qu'il y a autre chose.

— Oui… mais pourquoi est-ce à moi d'y aller ? Pourquoi ne vient-on pas me chercher ?

— Tu dois être le héros de ta propre histoire. Prouve à ce monde que tu peux t'en extirper.

— Je suis censé faire comment ?

— Avancer. Trouver la sortie pour partir d'ici, et choisir.

— Il y a une sortie ?

— Oui. Sache qu'il te faudra beaucoup de courage pour choisir.

— Choisir quoi ?

— L'abandon ou la douleur.

— Si mes choix sont si amers, pourquoi ne pas rester simplement ici ?

— Tu sais très bien pourquoi…

Je pouvais argumenter autant que je le désirais, me mentir à moi-même, mentir à tout ce monde que je façonnais à chacun de mes pas, au fond de moi, je savais.

Elles.

— Oui…

— Allez, pars. J'ai des vies à sauver.

— Alors tu choisis quel costume ?

— Je vais réfléchir encore un peu. Va ! Le devoir nous appelle chacun de notre côté.

— À bientôt ?

— Tout dépend de toi, comme toujours.

Un petit signe de la main et je quittai ce premier modèle de ma vie. Sa mission accomplie avec moi, il irait sûrement aider d'autres personnes dans le besoin, dans ce monde ou dans un autre.

Ces différentes rencontres étaient comme des graines que je sentais germer dans mon esprit. Elles laissaient une trace indélébile sur cet être nouveau que j'étais depuis mon réveil. Mon âme n'était déjà plus ce linceul immaculé de ma renaissance. J'avais goûté à la bienveillance, à l'amour, au chagrin, à la bêtise, à la déception, mais rien ne pouvait se comparer à la vibration provoquée par l'évocation de ce *elles*. Je fus gagné d'une lassitude écrasante à l'instant où un banc public posé au bord de la route s'offrit à moi. Il était ombragé par un grand arbre aux feuilles vertes et nombreuses. Le vent les faisait bruisser comme pour noyer les sons qui bourdonnaient dans ma tête. Je m'assis. Le décor tanguait légèrement autour de moi.

J'étais comme saoulé par l'amas d'informations que j'avais subi. J'aurais tout donné pour retourner à l'état de nourrisson éveillé que j'avais été lorsque j'avais ouvert les yeux sur ce décor pour la première fois.

Où étaient-*elles* ? Il n'y avait qu'une route, mais… où étaient-*elles* ?

Mon cœur balançait entre l'envie de les revoir, la peur de les reperdre, et l'incompréhension de ces deux sentiments. Ce qui restait était le manque. Un manque profond. Comme si, à chaque instant, des choses se déroulaient sans moi. Pour la première fois, je me sentis seul. Seul à vouloir en mourir encore. La gorge serrée, l'estomac en proie à des soubresauts, je fus stoppé dans ma tristesse par une voix dans mon dos.

L'ENRACINÉ

Pardon de vous déranger dans un moment aussi poignant, je vois bien qu'*elles* vous manquent, mais… pourriez-vous m'aider ?

L'individu vêtu d'un costume en noir se retourne et découvre un jeune homme prisonnier d'un tronc d'arbre. Son corps fusionne avec le végétal au niveau du bassin et des épaules, ses jambes ayant complètement disparu, ne laissant en liberté que ses bras et sa tête. Dans une main, il tient un carnet et de l'autre un crayon.

L'HOMME EN COSTUME

Vous voulez que je vous aide à sortir de là ?

L'ENRACINÉ *(surpris)*

Me sortir d'où ?

L'homme en costume

De… cet arbre…

L'enraciné

Ah ! Ça ? Oh, non, ce sont mes convictions, il ne faut surtout pas y toucher !

L'homme en costume *(dubitatif)*

Très bien… Alors comment est-ce que je peux vous aider ?

L'enraciné

Je suis un auteur de théâtre et j'écris une histoire entre deux hommes qui se rencontrent un jour. Ils ne se connaissent pas et ils finissent par débattre.

L'homme en costume

À propos de quoi ?

L'enraciné

Ah, ça, je ne sais pas encore, c'est trop tôt dans la conversation. Mais avant tout, je cherche un argument.

L'homme en costume

Un argument pour… ?

L'ENRACINÉ

Un argument pour toute chose. L'argument fatal. Celui qui ne pourra pas être contré.

L'HOMME EN COSTUME

Pour votre histoire ?

L'ENRACINÉ

Oui !

L'HOMME EN COSTUME

Mais si vous ne savez pas le sujet du débat, comment pouvez-vous chercher un argument ?

L'ENRACINÉ

Je ne cherche pas un argument anodin, je cherche l'argument *fatal* !

L'HOMME EN COSTUME

Pour une conversation qui n'existe pas ?

L'ENRACINÉ

Tout à fait, et pour la vie de tous les jours aussi.

L'HOMME EN COSTUME

Mais pour quoi faire ?

L'ENRACINÉ (interloqué)

Comment ça, « pour quoi faire » ? Pour avoir raison, bien sûr ! Toujours raison.

L'HOMME EN COSTUME

Et donc… *pour quoi faire* ?

L'ENRACINÉ (agacé)

Je veux régler *tous* les débats ! J'ai des idées, des positions, des principes ; ils sont tous bons ! Mais j'ai besoin du chaînon manquant, celui qui les unira tous pour en faire un argument infranchissable.

L'HOMME EN COSTUME

C'est une drôle de quête. Tout ça pour une pièce de théâtre ?

L'ENRACINÉ

L'art, c'est la vie ! Le théâtre, c'est la vie ! Si mon personnage a toujours raison, alors moi aussi. Je suis lui et il est moi !

L'HOMME EN COSTUME

Admettons que vous ayez toujours raison… et ensuite ?

L'ENRACINÉ

Ensuite, je diffuse tout ça sans que personne ne puisse me contredire, puisque j'ai raison.

L'HOMME EN COSTUME (*monte doucement en pression
alors que des racines atteignent ses chaussures*)

Et donc tout le monde n'aura qu'une seule vision des choses…

L'ENRACINÉ

Non, vous voyez les choses dans le mauvais sens, je….

L'HOMME EN COSTUME (*s'énerve encore un peu.
Ses pieds sont pris dans les racines*)

… Et nous serons figés dans une pensée qui, bonne ou mauvaise,
n'apportera rien…

L'ENRACINÉ (*tente de se défendre*)

Faux… Je…

L'HOMME EN COSTUME (*s'énerve encore plus.
Les racines lèchent ses jambes*)

… ce serait comme si tout le monde pensait pareil, vivait pareil,
aimait pareil, croyait pareil, mangeait pareil…

L'ENRACINÉ

Bien sûr que non ! Je vous dis que…

L'HOMME EN COSTUME (*craque complètement
et arrache les racines*)

… Et rien n'avancera plus, et nous serons coincés comme vous
dans un beau cercueil immobile !

L'ENRACINÉ *(effrayé)*

Vous divaguez, mon ami…

L'HOMME EN COSTUME *(s'apaise)*

Ce serait comme si l'humanité s'enracinait pour ne plus jamais bouger.

L'ENRACINÉ *(après un temps)*

Bien. Donc j'imagine que vous n'avez pas cet argument fatal qui me manque tant ?...

L'HOMME EN COSTUME *(comme une révélation)*

Je dois bouger.

L'ENRACINÉ

Pourquoi ?

L'HOMME EN COSTUME

Sinon je serai là pour toujours.

L'ENRACINÉ

Non, mais attendez, j'ai plein de choses à vous dire, moi !

L'HOMME EN COSTUME

Plus que tous les autres, ici, vous êtes coincé. Vous ne me suivrez pas. Vous ne suivrez plus jamais personne. Au revoir.

Je m'extirpai de son emprise plus que je m'en allai. Il m'avait sali avec sa vision du monde. Je n'étais pas ici pour ça ! Je ne savais pas le pourquoi de ce second éveil, mais je n'étais pas ici pour *ça* ! J'aurais pu rester pour l'éternité, ici et maintenant, avec cet homme à débattre du vide, parler du vide, décrire le vide… créer du vide.

Ses mots et son idiotie tournaient dans ma tête tandis que j'accélérai le pas. Mon esprit était pollué. Je stoppai nette ma course et fermai les yeux. *Elles…* Je respirai profondément. *Elles.* Je suffoquais. *Elles* ! J'ouvris les yeux au bord de l'asphyxie. *Elles* !! Alors que j'allai entamer mon premier pas, mon pied buta contre un bocal qui se renversa et roula sur quelques mètres sans se briser. J'approchai et m'accroupis pour le ramasser. Il était fermé par un large bouchon de liège. Une étiquette portait un mot vraisemblablement écrit par un enfant.

« Air de mon enfance »

Comme un apnéiste en manque d'oxygène, je sus instantanément que ma survie passerait par ce bocal. J'arrachai le bouchon et plongeai mon visage dans le contenant en inspirant à pleins poumons.

Je ne vis rien, mais entendis tout. Des rires, des voix d'enfants, des « Je t'aime » m'assaillirent. Mon estomac se contracta comme s'il faisait une overdose de vérité positive. Mes yeux déversèrent des larmes. Des sensations de toucher doux et voluptueux firent se hérisser tous mes poils. Des odeurs de gaufres, de chocolat, de peau envahirent mes narines. Ma gorge râla devant tant de bonheur passé et, je l'espérais, à venir. Le bocal se brisa dans mes mains sans les blesser et je me retrouvai à genoux, ingurgitant encore et encore les souvenirs de mon enfance.

Quelque chose se transforma en moi. L'évidence de mon voyage se dessinait. La destination m'était toujours inconnue, mais la raison… Je n'avançais pas que pour moi. Dans mon périple, j'emportais de nombreuses choses. Un passé. Un présent, peut-être, sans moi. Un futur à portée de main. Des rires, des peaux, des sensations que je voulais encore ressentir, que mon esprit m'exhortait à retrouver.

Si tout cela n'était pas un rêve, alors quoi ? La mort ? Étais-je mort ? Allais-je marcher ainsi pour l'éternité ? Si oui, alors pourquoi ne pas tout bonnement s'arrêter et s'enraciner comme cet auteur idiot ? Non, s'il y a une route, il y a une destination. L'air de mon enfance me l'a dit. Le vieillard me l'a dit. Ces deux femmes me l'ont dit. Et tous ces gens, sont-ils des épreuves ? Ou de simples étapes ? Leur point commun est la stagnation. Ils restent là, ils me parlent, me ralentissent. Peut-être me testent-ils ? Peut-être s'assurent-ils que je mérite ce qui m'attend !

S'ils stagnaient, alors j'avancerais. Non ! Je courrais même ! Le plus vite possible, puisque la fatigue n'était pas un fardeau ici. Et mes jambes s'animèrent avant même que je ne leur ordonne. Je courais. Vite. Si vite ! *Elles* se rapprochaient inexorablement. À chaque pas, je n'avais jamais été aussi près. Les larmes qui continuaient de couler brouillaient ma vue, mais je courais, tout droit puisque c'était ainsi que cette route était conçue.

Je courais en riant. J'observais ce qui m'entourait comme si ce n'était pas mes jambes qui s'activaient sous moi. Je vis un chameau courir dans le désert. Il courait en me regardant et se jeta sans s'en rendre compte dans la gueule d'un immense lion qui se forma comme par magie dans le flanc d'une montagne. À peine rassasiée, la bête de pierre fut écrabouillée par la main joueuse d'un bébé gigantesque. Il fit exploser le lion en milliards de pièces de puzzle puis me fit un signe que je lui rendis. Il était heureux, ce bébé. Moi aussi.

J'entendis la cavalcade de milliers d'arbres venant de ma gauche avant de les voir traverser la route plus loin devant moi. Une forêt déracinée, une forêt en transhumance. Fuyaient-ils quelque chose ?

Je n'eus pas le temps de me poser plus de questions. Derrière la ligne d'horizon, trois hommes titanesques émergèrent. Chacun tendit sa main vers moi comme une nouvelle planète qu'on m'offrirait en cadeau. Je les ignorai et accélérai de plus belle. Les géants commencèrent à se bousculer pour approcher au plus près de moi leurs doigts avides. Réalisant mon refus éhonté, ils se mirent à se battre de façon ridicule. Chacun essayait de frapper les autres dans des gestes lents, mais puissants. À chaque impact, je sentais mon monde vaciller et trembler, mais je ne cessais de courir tout en les observant. Ces dieux futiles ne parviendraient pas à m'arrêter ! Ma volonté était plus solide que la leur. C'était *mon* monde ! Ma vie, ou ma mort ! Ma décision ! L'un d'eux se jeta alors sur les deux autres et tous trois s'effondrèrent à nouveau derrière la ligne d'horizon dans un fracas divin, mais bien loin d'égaler ma force de conviction. Je courais à perdre haleine, le sol se fissurait sous mes pieds. La colère de ces dieux éconduits ébranlait mon univers. Je ne comprenais pas toutes ces symboliques, mais j'avançais sans m'arrêter, sentant la route, le désert et le ciel disparaitre dans mon dos.

Et si je me retournais à cet instant, que se passerait-il ?

Je n'aurais jamais de réponse à cette question. Je courais. Pour ma vie, pour ma mort, pour ma décision, pour ne pas regretter, pour ne pas oublier. Je courais pour l'air de mon enfance, je courais, car c'était *ici et maintenant* que tout se passait. Je courais pour mon amour véritable. Je courais pour *elles*. Je courais pour ne pas m'enraciner. Je courais !

Puis la route s'effondra devant moi, me forçant à stopper ma course. Le sol disparut dans un gouffre sans fonds tout autour et ne m'accorda pas plus qu'un rond de terre pour me tenir debout au-dessus du vide. Partout, la planète périssait, la fumée formait un sol vaporeux et un toit opaque. Le bruit assourdissant vrillait mes oreilles et la poussière cachait le monde à mes yeux. Quelque chose se façonnait dans l'ombre. La pierre s'agglomérait. Le ciel se recomposait. Et, moi, coincé sur mon lopin de terre suspendu, j'attendais une sentence. Mon cœur battait enfin à tout rompre, mes poumons récupéraient toutes leurs fonctions, je devenais autre. Mon corps se retrouvait au paroxysme de sa force, comme une ampoule ultra lumineuse, avant de s'éteindre définitivement. Allais-je m'éteindre pour toujours ? Non, pas après tout ça ! Je voulais savoir, *j'allais* savoir !

La fumée s'évapora doucement. Le soleil perça les nuages de poussière et chassa l'obscurité. Face à moi, mon nouveau monde se dévoila. Une nouvelle divinité gigantesque, féminine, celle-là, se tenait debout au sommet d'une montagne. Elle portait une grande robe blanche et des voilures qui descendaient si bas qu'elles en venaient à se confondre avec la neige. Elle était là. *Liberty*. À ses côtés, deux créatures féériques voletaient. Magnifiques. *Elles*. J'étais au bout. Un bien-être fou s'empara de moi. J'allais pouvoir me reposer, m'endormir même. Tout irait bien maintenant. J'avais réussi.

— Pas encore, précisa Liberty d'une voix venue d'ailleurs.

— Pourquoi ? demandai-je dans un sanglot. Je n'en peux plus… je suis si fatigué.

— Il te reste encore un choix à faire.

— Lequel ? Je n'en peux plus d'être hors du temps…

— Soit nous abandonner ici pour mieux nous retrouver ailleurs, ou bien rester ici avec nous pour toujours.

J'en avais assez des énigmes et des symboles. Je voulais que tout cesse.

— Ce monde est dans un rêve, et je vais me réveiller…

— Ou peut-être est-ce l'inverse.

— Je… je ne comprends pas, je suis épuisé.

Mes yeux se fermèrent sans que je puisse les en empêcher. Une impression de fin du monde montait en moi. Je sentis soudain une main se poser sur mon épaule. J'ouvris les yeux et découvris Liberty et les deux fées devenues à taille humaine. Toutes trois me prirent dans leurs bras. L'épuisement se fit plus grand. Elles me serrèrent fort. Je sentis la peau, les odeurs. Cet ici et maintenant ferait date. Une force étrange luttait contre la fatigue harassante, comme une lueur qui combattait l'obscurité.

Six bras m'enlaçaient. Six mains me soutenaient. Tout cet amour me submergeait. Devais-je me réveiller et affronter l'avenir ? Me laisser aller et mourir ? Rester pour l'éternité sur la corde raide tendue entre les ténèbres et la clarté ?

Toutes ces forces fusionnèrent puis implosèrent en moi.

Mon choix était fait.

Et ma lumière fut.

Le pèlerinage

(Achevée en 2014)

À mon père.

*

J'ai écrit et offert cette nouvelle à mon papa pour la fête des pères 2014.

Ensemble, nous avons voyagé et traversé la Suède, l'Autriche, l'Italie, la Suisse… Tout ça en voiture pour pouvoir parler des heures et des heures.

Cette histoire se passe en Ecosse, un voyage que j'ai fait seul et qui m'a beaucoup marqué.

Mon père nous a quitté l'été 2024 alors que j'étais en pleine préparation de ce recueil.

Cette nouvelle prend encore plus de sens.

*

Il était à côté de moi sur le siège passager, muet et impassible. Ce voyage, il avait toujours voulu le faire. Quand j'étais gosse déjà, il me répétait sans cesse :

— Toi et moi, il faudra qu'on aille là-bas, un jour. Un père et son fils devraient toujours faire un voyage comme celui-ci au moins une fois dans leur vie.

Avec mes yeux d'enfant, je voyais cela comme une aventure extraordinaire. Adolescent, je le considérais comme un rite initiatique pour devenir un homme. Et une fois adulte, il ne représentait pas plus qu'une simple semaine de vacances. Mais les années passent. Quand on a le temps, on n'a pas l'argent, et quand on a économisé, c'est le temps qui vient à manquer… finalement, on passe une vie à repousser.

Comme dans tout ce que j'entreprends, il avait fallu que j'attende l'ultime occasion pour enfin organiser ce voyage. La destination était un petit port du littoral est de l'Écosse, qui abritait l'un des plus grands phares du pays. « Un phare construit par la famille Livingston », répétait souvent mon père.

Il aimait nous raconter la façon dont la pointe de terre s'affinait pour devenir une légère pente de plus en plus étroite qui disparaissait dans la mer scintillante du nord. Quelques rochers tapissés d'herbes poussaient à un ultime effort pour parvenir à la vue. Là, au milieu des vaguelettes et du ciel régulièrement couvert, les dauphins émergeaient, vivant leur vie sous les yeux émerveillés des quelques touristes qui se donnaient la peine de venir jusqu'à ce bout du monde.

Combien de fois nous avait-il ressorti ses vieilles photos, pointant sur l'une d'elles l'endroit précis où apparaissait une nageoire que lui seul pouvait percevoir ? C'était sa fierté ! En famille ou entre amis, il ne manquait aucune occasion de nous raconter ces quelques minutes de féérie qui semblaient avoir bouleversé sa vie. Ma mère et moi feignions l'ennui, mais le spectacle le plus émouvant ne se trouvait pas sur les clichés. Le visage qu'il affichait lors de ces éternelles séances photos souvenirs valait tous les voyages.

Les années passaient, l'anecdote restait la même, au mot près. Mais les rides qui se dessinaient sur ses traits ne faisaient qu'accentuer l'émotion qu'il dégageait et mon envie de la ressentir pour mieux le comprendre…

Il est des choses que ni les mots ni les photos ne peuvent exprimer ; mon père insistait tellement sur le chamboulement que cet endroit avait provoqué en lui que je me devais de partager ce moment, d'une manière ou d'une autre.

*

À mes yeux, ce pèlerinage ne commença qu'une fois que j'étais derrière le volant de la voiture de location. Dès que nous avions quitté Édimbourg, le silence s'était installé. Pas de musique, ni mes habituels monologues abrutissants pour combler je ne sais quel vide. Moi, qui d'habitude parlais surtout pour ne rien dire, je n'avais pas voulu briser ce moment. Mon père m'avait pourtant toujours écouté religieusement, toute ma vie, sans jamais rechigner. Lorsque je racontais des mensonges de gosse ou que, adolescent, j'hurlais à l'injustice des décisions parentales, il me laissait faire et attendait que j'aie fini pour me répondre avec la sagesse et le flegme qui le caractérisaient.

J'avais prévu de parcourir les kilomètres qui séparaient la capitale écossaise de notre point de rendez-vous en suivant le trajet précis que mon père avait lui-même emprunté quelques décennies plus tôt. Pour ce faire, je réglai le GPS en indiquant les différentes villes-étapes du voyage. Il y en avait deux. Deux nuits avant de comprendre…

Nous passâmes notre première nuit, comme il l'avait fait, à Pitchlory, dans le même *bed and breakfast* que j'avais pris soin de réserver pour deux. Ce petit village ne payait pas de mine, mais reflétait déjà l'atmosphère paisible que mon père nous avait vendue toutes ces années. Une rue principale très arborée, des commerces et habitations de couleur claire, ainsi que de grands espaces verts. C'était le début de la soirée, et tout était fermé hormis une petite supérette qui semblait réunir les derniers autochtones courageux. Je les rejoignis, le temps de d'acheter un paquet de corned-beef si cher à mon paternel, puis nous prîmes la direction de l'hôtel.

Je me garai devant la jolie petite maison blanche élégamment posée en bord de route et descendis sous la pluie pour me présenter au jeune réceptionniste. Il me confia les clés de la chambre et me dit de stationner la voiture dans l'arrière-cour.

— Vous êtes bien deux ? me demanda-t-il avec un accent que j'attribuais à un pays du Moyen-Orient.

— Mon père m'attend dans la voiture, répondis-je avec ton poli, mais ferme qui n'appelait pas à plus de discussion.

Ce soir-là, mon père, confortablement installé dans son lit, je pleurai en silence dans le mien. Le lendemain soir, nous y serions et, le matin suivant, nous bouclerions la boucle du passé et de l'éternité. Ensemble.

*

Nous reprîmes la route assez tôt. Pour le petit-déjeuner, j'avais avalé le fameux haggis avec un certain dégoût. Nous étions loin du mets délicieux que mon père avait décrit. Si la panse de brebis était si traditionnelle, je ne permettrais désormais à aucun écossais de critiquer nos escargots.

Cette fois, la musique envahissait la voiture. La fenêtre ouverte pour pouvoir griller ma cigarette sans enfumer l'habitacle, j'écoutais Skye Edwards proclamer qu'elle *était le printemps*, tandis que le ciel bas et menaçant habillait l'Écosse de ses plus beaux atours d'automne. Je laissai le décor défiler sans y prêter réellement attention, bien trop concentré sur le but final. Une erreur qui serait vite corrigée.

À la sortie d'une petite ville, Dingwall, je remarquai un jeune homme qui marchait d'un air nonchalant sur le bord de la route, le pouce pointant vers le ciel. Après l'avoir dépassé, sur un coup de tête, je garai la voiture sur le bas-côté. Il nous rejoignit au pas de course, passa la tête par la fenêtre côté passager, me vit d'abord avant d'apercevoir mon père. Son sourire disparut et il demanda simplement dans un fort accent du pays :

— Evanton ?

Evanton était sur la route, à seulement quelques kilomètres de là. J'acquiesçai et lui fis signe de monter à l'arrière. La musique coupée, un silence s'installa. Je voyais le garçon dans le rétroviseur, l'air mal à l'aise, qui tentait de capter mon regard par des sourires. Plusieurs fois, il essaya de lancer la conversation, mais mes réponses laconiques lui firent vite perdre espoir. Ce n'était pas mon anglais qui me retenait de dialoguer, c'était le manque d'envie.

— *You're travelling?* (Vous voyagez ?)

— *We're making a pilgrimage.* (Nous faisons un pèlerinage.)

Je vis ses yeux se plisser, soulignant son incompréhension. J'achevai ainsi son enthousiasme et rejoignis Evanton sans plus de mots échangés, hormis un léger remerciement et un sourire chaleureux de sa part lorsqu'il nous quitta.

*

Sur cette fin de trajet, je fus plus alerte que jamais. J'étais à l'affût de la moindre merveille naturelle que le pays avait à m'offrir, m'ouvrant à toutes les choses que mon père avait pu admirer à l'époque. Le soleil entrait dans mon jeu et, en cette fin de journée, parvenait à percer le bouclier de nuages comme pour mettre en lumière ce que mes yeux captaient. L'astre et moi nous réveillâmes juste assez pour vaincre la monotonie de la route et redonner aux terres d'Écosse toutes leurs lettres de noblesse.

Les Highlands étaient aussi mystiques que dans les contes de mon père. Les landes sauvages s'étendaient partout autour et la fumée des cigarettes que j'enchaînais s'échappait par la fenêtre toujours ouverte malgré la fraîcheur pour se perdre dans cette immensité vide. Le paysage, aussi hostile que magnifique, se déroulait devant nos yeux. Nous semblions être les uniques vagabonds sur ces routes très peu fréquentées. Je multipliais les haltes à l'envi pour m'imprégner totalement des éléments qui avaient un jour conduit mon père à ce moment de parfaite communion. Un amas rocheux, un point de vue sur la mer scintillante, un regroupement d'arbres sans feuilles, battus par le vent, un tapis de chardons ou de rhododendrons pourpres au milieu de la pierre sombre… À chaque arrêt que mon instinct m'imposait, je pouvais entrevoir le fantôme de mon père trentenaire, debout à mes côtés. Il semblait si paisible, immobile, les yeux fixés sur le rien si plein des landes. Je l'imaginais couvrir tout ce qui l'entourait d'un regard de conquérant, intégrant à jamais dans son esprit les images qui le feraient tenir jusqu'à la fin. Ici plus qu'ailleurs, il avait puisé une force incroyable. Sur ces terres, une flamme s'était réveillée, aussi intense qu'imprévisible. Mon père avait posé le pied sur le sol écossais bien vivant et l'avait quitté invincible.

Toutes ces étapes me paraissaient être les points exacts qui avaient été ses sources d'énergie. Si mes premiers arrêts avaient été « provoqués » pour me forcer à ressentir et à comprendre, petit à petit, la fatigue et la peur de notre arrivée imminente avaient dénoué les liens qui m'empêchaient de vivre ce voyage comme j'aurais dû. Puis, un lâcher-prise ressemblant de prime abord à du désespoir avait été remplacé par le seul plaisir d'être là avec lui, de goûter à des sensations que je chérissais tel un héritage moral inestimable. J'effectuai chaque pause avec la certitude qu'il avait fait la même des années plus tôt et, à chaque fois, je me sentais plus en communion avec lui et avec ce pèlerinage.

À partir de là, le trajet ne fut plus la route vers une fin, mais vers… autre chose. Il existait un but, un passage de relais. Je savais que ce serait le point culminant de notre relation.

D'une certaine façon, je me réjouissais d'avoir attendu si longtemps. L'homme que j'avais été avant d'arriver ici n'aurait pas été assez mature pour saisir le sens profond de cet échange.

*

Traverser la ligne imaginaire qui marquait l'entrée du village ne fut pas aussi porteur de nostalgie que je l'avais pensé. Je me sentais plutôt comme un messager venu délivrer une missive. La destination était atteinte.

La petite route longeait la mer. Si quelques maisons venaient habiller le paysage, le plus gros du village était regroupé en bout de terre sur le flanc d'un léger dénivelé au sommet vert. La route allait jusqu'au bout de la terre et se terminait en cul-de-sac. La mairie n'avait même pas pris la peine de *conclure* la voie qui était comme happée par l'étendue d'herbe qui s'étalait jusqu'à la digue.

La voiture garée sur une des nombreuses places de parking vides, je descendis. Le vent m'accueillit froidement. Je l'ignorai. J'y *étais*. Le soleil, qui s'était battu pour moi contre le ciel chargé, chutait à présent derrière l'horizon montagneux tel un soldat vaincu, tandis que les nuages désertaient le ciel assombri en vainqueurs.

Un silence de littoral m'entourait. Quelques mouettes, des drapeaux qui claquaient au vent, mais surtout une mer frappant les murs des digues sans relâche, allant et venant dans un roulis commun à tous les ports.

Je me souvins des notes de mon père et trouvai l'hôtel où il avait dormi trente ans plus tôt. Devenu « l'Hôtel Royal », l'établissement n'avait de royal que le nom, mais cela était largement suffisant le temps d'une nuit.

La petite fenêtre de la chambre donnait sur une mer agitée. Toujours en phase descendante, le soleil avait perdu sa couleur et palissait le ciel. Tout se ternissait à l'extérieur, alors qu'en moi l'étincelle qui s'était allumée depuis l'aéroport prenait une ampleur inattendue.

Lorsque je m'installai sur mon lit, mes paupières, lourdes des kilomètres et incapables de supporter plus de merveilles, se fermèrent.

Je me souviens avoir ouvert les yeux dans la pénombre de la nuit. Un réverbère éclairait chichement la chambre. Mon corps était si lourd que ça pouvait tout aussi bien n'être qu'un rêve. Mon père était penché au-dessus de moi et me souriait. Il paraissait avoir vingt ans de moins. Je lui rendis son sourire et me laissai enfermer par le bruit de la mer qui réussit à m'engloutir à nouveau dans le sommeil.

*

À 6h30, je me réveillai dans le silence. J'étais prêt. Nous l'étions tous les deux.

Quelques pêcheurs s'affairaient déjà à faire des allers-retours entre le quai et leur petit chalutier pour charger des caisses en plastique vides. Une vieille dame me salua. Un chien sortit en galopant d'une maison et vint humer l'air du matin. Un store de magasin s'ouvrit.

Ce furent les seules preuves de vie dont je fus témoin ce matin-là.

Une fois dans la voiture, je pris la direction de notre destination finale, à quelques kilomètres de là.

La route était étroite, mais entretenue. Un peu plus loin, j'apercevais déjà le phare éteint de Tabar Ness qui me guidait même de jour. Je garai le véhicule et décidai de faire le reste du chemin à pied. Des murets de pierre longeaient les pâturages où les moutons broutaient, indifférents à mon destin. Un peu plus loin encore, je dépassai le grand phare rouge et blanc qui s'érigeait en gardien impassible du lieu.

Là, derrière une ultime dénivellation conquise, je la vis. Cette pointe de terre entre rochers et herbes mi-hautes battues par le vent. Je descendis sans m'en rendre compte, les yeux fixés sur l'horizon nuageux.

C'était là. Nulle part ailleurs. Le lieu qui avait révélé mon père à lui-même et qui avait teinté son regard de la lueur que j'avais vue briller jusqu'à la fin. Je marchais dans ses pas, je le complétais, je me complétais.

J'avais atteint le bout du monde, le bout de *son* monde. Je dévissai l'urne et libérai ses cendres. Le vent fit son office pour les disperser. Il s'en amusa, joua avec, les fit tournoyer haut dans le ciel avant de les laisser planer puis atterrir tout atour. À présent, à jamais, une partie de mon père ne faisait qu'un avec ce lieu.

Moi, je restai là à attendre.

C'était comme si je captais le message, comme si je le digérais petit à petit et que ses bienfaits envahissaient doucement mon être. Je ressentais de moins en moins d'appréhension à l'idée de conclure ce voyage et la présence de mon père à mes côtés y avait été pour beaucoup. Je réalisai que mes larmes de ces derniers jours, mes silences, mes craintes, rien de tout ça n'était dû à une inévitable fin. C'était la peur de ne pas en saisir le sens. Que ce pèlerinage se révèle sans conséquence sur moi, ce qui signifierait que j'étais peut-être creux, indifférent, hermétique, incapable de comprendre.

Finalement, c'est en m'abandonnant au monde qui m'entourait et au regard de mon père que je pus être atteint à mon tour.

L'enfant en moi avait vécu son aventure extraordinaire. L'adolescent que j'avais été, et qui n'était jamais bien loin, était enfin devenu homme. Et l'adulte se sentait reposé et en paix comme jamais.

Au loin, entre les vaguelettes, je crus apercevoir une nageoire de dauphin.

Le Syndrome des Inséparables

(Achevée en 2009)

À tous les Roméo et Juliette.

*

À l'origine, ce texte était un scénario pour un court métrage. Le temps passant et le projet ne se concrétisant pas, j'ai décidé d'en faire une nouvelle.

Lisez cette histoire avec d'abord des images en couleur…. Puis laissez le noir et blanc prendre doucement sa place.

*

J'écris cette histoire qu'ils ne pourront jamais raconter parce qu'ils sont morts tous les deux. Ou plutôt devrais-je dire, tous les trois.

J'ai été témoin de tout ça.

Un témoin lointain, indirect, mais un témoin quand même.

Leur histoire est comme une fable triste, un très mauvais conte pour enfants. Le genre d'histoire qu'on ne lit ou qu'on ne regarde qu'une seule fois, parce qu'on sait qu'à chaque lecture, la fin sera la même et que rien ne pourra la changer. On aura beau espérer, penser très fort, prier qu'on arrivera à détourner le cours du destin par la force de notre volonté, ils finiront toujours par emprunter cette ruelle. Cette maudite ruelle…

Ce soir-là, le restaurant était bercé par le brouhaha des différents couples parsemés dans la grande salle. Chaque table baignait dans la douce lumière vacillante des bougies parfumées. Des premiers rendez-vous galants aux noces de chêne, cet endroit avait la réputation d'octroyer aux amoureux une atmosphère unique. Chacun d'entre eux se sentait seul au monde, certain que la violoniste ne jouait que pour eux, que le va-et-vient des serveurs était un ballet chorégraphié à leur intention.

S'il n'avait jamais été un grand romantique, pour ce jour spécial, Tristan avait opté pour ce décor poétique de cinéma. Inès pouvait se sentir comme la star de son propre film. Lui, le héros ayant conquis le cœur de sa belle. Et elle, plus rayonnante que jamais, qui le regardait en feignant de ne pas savoir le motif de leur présence ici.

Il n'avait pas attendu de moment précis pour faire sa demande. Mais il y avait eu cet instant où son estomac s'était contracté sans aucune raison. Un de ces instants où elle avait ri, lui faisant oublier toute crainte. Il avait plongé sa main dans la poche intérieure de sa veste pour en sortir un écrin noir et l'avait déposé devant elle. Sans même l'ouvrir, elle avait ri à nouveau avant de planter son regard dans le sien et de répondre un simple « oui ». Ils avaient échangé quelques mots, s'étaient tenu la main en travers de la table et Tristan avait mis l'anneau au doigt d'Inès. La taille était parfaite, l'instant aussi.

Ils avaient passé la soirée à boire, rire et manger en rêvant déjà à ce que leur nouvelle vie allait leur offrir.

Qu'elle était belle dans sa longue robe et ses cheveux châtains tombant en cascade sur ses épaules menues. Tristan grava cette image dans son esprit.

Puis ils avaient dû partir, rentrer chez eux alors qu'ils auraient voulu que cette soirée dure pour toujours. Ils auraient tellement voulu… tellement dû.

Garés à quelques rues de l'entrée, ils se tenaient par la main et marchaient sans dire un mot. Qu'y avait-il à ajouter ? Ils étaient heureux…

*

Une ombre furtive. Tristan aperçoit un blouson de couleur vive. Un choc brutal s'abat sur son crâne. Il s'effondre à quatre pattes, tente de se relever, croise le regard vitreux de l'agresseur et prend un violent coup de couteau qui lui entaille le visage, puis un coup de pied qui le sonne pour de bon. Il s'écroule et gît à demi inconscient.

Voguant entre deux mondes, il entend… Sa future femme se fait violenter. Il capte le message, mais ne peut réagir. Impuissant.

Il perçoit les gémissements et les grognements de celui qui, en une seconde, a fait basculer sa vie. Quelqu'un l'appelle à l'aide, une voix si familière, ses membres refusent de lui obéir. Il devrait, mais ne peut pas. Une chaleur glacée lui creuse l'estomac et les tympans. Son esprit semble se révolter, emprisonné dans une enveloppe inerte. Ça hurle à l'intérieur, les entrailles déchirées par une haine que l'on empêche d'imploser. La camisole qu'est devenu son corps contient, étouffe, annihile… Cette voix, habituellement douce, exprime un sentiment qu'il ne lui avait jamais connu avant. Il la reconnaîtrait entre toutes, même dans ces tessitures de l'horreur. L'urgence devient insoutenable en lui. Mais il ne se passe rien…

Enfin, les pas fuyants de l'agresseur battent le pavé.

Après un temps indéfinissable, le silence se fait total. Tristan n'entend plus les bruits qui l'entourent. Il perçoit simplement le froid du sol sur une joue et la chaleur de son propre sang coulant sur la deuxième. Ses yeux fixes s'ancrent doucement à la nouvelle réalité qui l'entoure. C'est un autre monde qui se découvre à lui. Un monde qui n'a plus de couleurs et où les sons se font plus sourds. L'homme se sent exclu. Pourtant, un fil d'Ariane se fait l'unique lien entre lui et cette fade réalité.

Une catatonie traumatique prend petit à petit possession de lui. Les liens invisibles qui ceignaient son corps se relâchent à peine. Il rampe péniblement auprès de sa fiancée, se redresse tant bien que mal. Il la serre contre lui. Ensanglantée, elle repose au creux de ses bras, inerte, une plaie mortelle à son ventre.

Il perd doucement pied, entre de son plein gré dans la chaleur réconfortante du traumatisme, fuit loin, hors de portée de tout ce que son cerveau ne pourrait supporter. Il s'approprie un léger balancement d'abord imperceptible, qui s'accentue lentement jusqu'à devenir mécanique et répétitif à l'infini. Son corps ne lui appartient plus et son esprit est loin, retranché derrière les souvenirs consolateurs d'un visage plein de vie et de sensations duveteuses. Son nouveau monde se pare d'une mélodie que lui seul peut entendre. Tristan se laisse envoûter pour mieux fuir. Envahi par cette musique qui prend chaque parcelle de son âme, il sombre avant l'arrivée des secours.

*

Je me souviens de la première fois que je suis venu lui rendre visite à la clinique, au lendemain de sa sortie d'hôpital. J'avais été frappé par une sensation étrange. Le sentiment que Tristan n'était là que physiquement. Les docteurs nous avaient prévenus, mais la réalité était presque barbare. Cet homme, grand et robuste, réduit à l'état de coquille vide. Son allure restait la même, pourtant, l'étincelle de vie avait déserté son regard.

Tristan passait ses journées sur son lit, inerte. Les allers-retours des infirmières pour le nourrir, le laver, changer son pansement au visage, le transformaient en un être dépendant. Alors que ses fonctions physiques s'amélioraient de jour en jour, ses facultés mentales, elles, évoluaient à un autre rythme ; plus lent, décalé, comme dans un monde parallèle. J'y voyais un refus volontaire. Je n'arrivais pas à croire que la marionnette qui se tenait devant moi était l'homme que j'avais connu. C'était une situation singulière. Inès était morte, et l'entourage du couple et moi-même étions impuissants face à la réaction de Tristan. Nous nous attendions à des pleurs, de la tristesse… Il aurait eu notre soutien…

Les docteurs nous assuraient que cette réaction était une séquelle psychologique bien connue et en aucun cas une conséquence des coups reçus. Ils appelaient cela le « syndrome des inséparables », ces oiseaux célèbres pour leur fidélité. Refuser de vivre sans l'être aimé disparu. Mourir puisque plus rien ne compte ici-bas.

*

Ses nuits et ses jours sont peuplés de souvenirs et de rêves d'Inès. Des images en noir en blanc où il la voit rire et parler, mais où il n'entend rien d'autre que *cette* musique. Une mélodie qui le protège du monde extérieur et qui le trompe sur la tranquillité qu'il ressent. Elle le guide et lui susurre des notes porteuses de messages prometteurs. Parfois funestes.

Ces flashs le rassuraient pourtant, autant qu'ils le torturaient. Il se voyait regardant Inès dormir. Tous deux enlacés, essoufflés dans un lit. Inès et Tristan dansant sans musique. Inès pleurant et Tristan la prenant dans ses bras. Inès habillée d'une chemise trop grande pour elle, assise sur un canapé en train de lire. Inès riant. Inès claquant une porte de colère. Des images d'Inès au restaurant quand elle voit l'écrin. Les yeux de l'agresseur. Le blouson vif de l'agresseur. Ses yeux…

*

Les jours défilaient, portant avec eux les mêmes manèges, les mêmes images, les mêmes visites de proches en pleurs ou silencieux à mourir. La musique avait pris sa place et se répétait à l'infini. Des mots de réconfort qui traversaient son esprit sans rencontrer aucune émotion. Des regards apitoyés qui se posaient sur son visage toujours aussi vide… Alors qu'au fond, tout au fond, encore tapis derrière une montagne de tristesse, un univers de néant, des océans de larmes, se cachait déjà un mal rongeant et lancinant, que la mélodie dorlotait, attisait.

Après quelque temps, il s'était remis à se nourrir et effectuait à nouveau des gestes basiques. Malgré tout, ses journées se passaient généralement dans une catatonie profonde. Il n'aurait su dire si la nuit tragique avait eu lieu la veille ou l'année précédente. Les docteurs s'accordèrent sur le fait qu'il n'était pas un danger pour lui-même ni pour autrui, en revanche, son état préconisait une observation psychiatrique pour une durée indéterminée.

*

Une nuit, pour la première fois, il se lève seul, loin des regards médicaux. Vaguement conscient de ce qu'il fait, il vacille, guidé par une volonté nouvelle, et se dirige maladroitement vers une armoire. Là, ses vêtements sont posés, propres et pliés. Les mêmes vêtements qu'il portait le soir du drame. La chemise toujours auréolée d'une tache claire, mais indélébile, des sangs mêlés. Il quitte sa chambre, passe devant le gardien de nuit, endormi à son bureau et sort. Il marche, aveuglé par les phares des voitures, à peine alerté par les coups de klaxon. Dans son esprit malade, le trajet dure deux secondes ou deux jours. Dans cette âme violée, ces instants ne sont que des étapes futiles qui le rapprochent de son but. Ses jambes fragiles le supportent difficilement, mais s'actionnent mécaniquement. La mélopée semble danser autour de lui et l'attirer. Il est Faust, et Méphistophélès a trouvé en lui l'âme en perdition qui lui permet de semer son chaos. Le Malin lui chante des airs mensongers qui le portent vers son destin.

Sur le seuil de la maison qui l'avait abrité dans une autre vie, il hésite. Il semble toujours absent, mais mu par une volonté profonde. Comme un automate, Tristan entre et se dirige rapidement vers une armoire de la chambre qu'il avait, jadis, partagée avec Inès… dans une autre vie. La demeure est plongée dans le noir. Volets fermés, souffle de vie envolé. Il saisit une boîte située en hauteur et en sort une arme à feu qu'il range dans la poche de sa veste. De retour dans ce salon qu'il refuse de reconnaître, il attrape le plaid qui gisait sur le canapé puis s'allonge sur le sol.

Une fois de plus, la nuit est une suite d'images incohérentes et douloureuses. La maison qui l'abritait n'est plus le reflet du bonheur qu'il a connu, mais la ruine d'un temps révolu. Les murs sont couverts d'yeux vitreux et suants. Le plaid a le parfum d'une morte. Le sol a la dureté et le froid de la pénitence que Tristan s'inflige. La nuit se succède à elle-même et dure des centaines de rêves.

Les rares moments où la volonté de Tristan refait surface, et qu'il touche la réalité du doigt, s'éveillent des douleurs physiques et morales atroces. C'est alors que la complainte dans sa tête se fait plus forte, agissant comme un anesthésiant. Elle apaise le corps et réconforte l'âme.

Tristan se réveille, torturé par une soif indescriptible. Il s'abreuve comme un animal, lapant le filet d'eau qui s'écoule du robinet.

Puis il reprend sa route.

Dehors, la pénombre est toujours là, la mélodie aussi, régnantes toutes deux en maîtresses despotiques.

Là-bas, les lumières ressemblent sauvagement aux lumières de cette nuit-là. La ruelle est humide, les bennes à ordures vomissent leur contenu sur la chaussée scintillante. Tristan reste planté là, attendant qu'un ordre lui soit murmuré. Son immobilité dure mais, un battement de cil plus tard, il est assis entre des amas de détritus, caché dans les ténèbres, bercé par sa sirène envoûtante.

Elle est bonne conseillère, sa sirène. Elle savait. Elle *sait*…

Le Malin aussi est bon conseiller. Il connaît l'Homme et ses travers. Les bas instincts ne trompent pas. Leurs chemins devaient se croiser à nouveau, c'était écrit.

*

L'homme passa devant lui sans le voir. Son pas était rapide, comme celui d'une bête apeurée. L'alcool troublait sa vue autant que son esprit. Ce satané froid commençait à se faire ressentir même à travers la barrière du whisky. Il était tellement focalisé sur le néant qu'était sa vie qu'il ne se rendait pas compte que, derrière lui, une ombre le suivait sans chercher à se cacher.

Cette *putain* de nuit était interminable. Sa *putain* de chance l'avait abandonné et il avait tout perdu sur cette *putain* de table de poker. Il revoyait les visages de ses adversaires d'un soir rire de lui, jouer avec sa dignité. Il aurait voulu les buter, leur écraser le crâne avec ses propres poings. Ces connards ne perdaient rien pour attendre.

Mais qu'allait-il dire à Irina ? Elle dormirait sûrement à son arrivée. Mais dès qu'il se glisserait dans le lit, la dispute reprendrait. Il se défendrait en jurant qu'il faisait ça pour lui offrir une meilleure vie, elle répondrait qu'il ferait mieux de travailler, puis ils crieraient sans s'écouter. Il finirait sa nuit sur le canapé, gardant pour lui l'envie de tout casser, car jamais il ne lèverait la main sur elle. Jamais.

Le lendemain, il repartirait pour trouver le l'argent… quoiqu'il en coûte.

Au creux d'une petite impasse, la maison miteuse survivait dans l'ombre entre deux immeubles. La parcelle de terre que d'aucuns appelleraient jardin était jonchée de cartons, de tôles, de cagettes en bois, d'objets non identifiables…

Il pénétra dans son antre.

*

Refaisant lentement surface, Tristan entre dans le taudis. La destination finale étant atteinte, sa mélodie se fait plus faible, mais reste accrochée à son âme. Les couleurs sont moins fades. La sensation de noir et blanc se dissipe.

Seule une lumière au bout de ce long couloir permet de ne pas évoluer dans l'obscurité totale. Il avance doucement. Ses pieds le ramènent à pas de fourmi dans le monde réel. Chaque centimètre conquis lui fait gagner en conscience.

Au fond, une cuisine. Un homme assis de dos. Des bruits de verres qui s'entrechoquent percent à travers la mélodie de son esprit. Trop occupé à se saouler, il n'entend pas Tristan se poster derrière lui et pointer son arme à quelques centimètres de l'arrière de son crâne.

C'est à cet instant précis que la musique lâche totalement prise, abandonnant Tristan dans ce monde nouveau. Dans le silence tonitruant de la réalité.

Il prend conscience de la situation, se retient de pleurer, complètement submergé par la colère, la tristesse et le désespoir. L'arme tremble au bout de son poing.

En face, une autre porte laisse apparaître une femme tétanisée qui assiste sans bruit à la scène, les mains nouées devant le visage. Son mari remarque la présence d'Irina et s'apprête à recevoir les paroles douloureuses qui lanceront cette dispute. Il se redresse légèrement et, avant qu'il ait pu prononcer un mot pour se défendre, son mouvement permet au canon du revolver d'entrer en contact avec son crâne. Sans savoir qui se trouve derrière lui, l'individu comprend que son passé, quel qu'il soit, le rattrape. Il fait un signe de la main vers Irina pour lui dire de fuir. Celle-ci recule lentement et disparait sans bruit.

Les deux hommes restent ainsi.

Délaissé par les cocons de la catatonie et de la musique, Tristan est submergé par un maelstrom d'émotions, des larmes lui viennent, des râles de colère, des tremblements de peur… Tout est *trop* réel pour lui. Sa douleur reprend ses droits. Les couleurs sont trop vives. Les odeurs d'alcool et de terreur. Une puanteur l'englobe.

Mais il est là, devant lui, à sa merci.

Puis Irina refait son apparition, étouffée par la peur, mais armée. Elle pointe le canon vers Tristan. La situation semble au ralenti et dure une éternité. Un court instant, il hésite. Il réalise ce qu'il s'apprêtait à faire. Lentement, il baisse son revolver et regarde dans le vague.

Comment en est-il arrivé là ?

Combien de temps depuis que tout a basculé ?

Comment…

Puis, comme si le destin avait décidé de répondre à ses questions de la plus cruelle des manières, Tristan est assailli d'images furtives et violentes de la nuit fatidique. Le visage sans vie d'Inès succède à son visage radieux… La fureur jaillit aussi vite qu'elle s'était évaporée et il brandit soudainement son arme sur le crâne du bourreau devenu victime. Un coup de feu retentit, immédiatement suivi d'un second. Dans le même mouvement, l'homme est projeté en avant, son sang éclaboussant la table, la bouteille et sa femme ; Tristan est éjecté dans le couloir, la chemise déjà rougie par son propre sang qui se répand sur sa poitrine.

Irina s'effondre en pleurant.

L'un gît mort sur la table, l'autre se sent partir, partagé entre soulagement et impuissance. Il peut enfin la rejoindre…

Thérapie vénéneuse

(Achevée en 2008)

À tous ceux qui brisent leur cage.

*

C'était la première fois qu'une simple pensée déclenchait un texte.

« Il n'y a qu'une lettre de différence
entre barreaux et carreaux »

Cette phrase a trotté dans ma tête quelques semaines, je ne savais pas quoi en faire, puis elle s'est transformé en histoire.

*

C'était un ami à qui tout souriait. Un travail qui rapportait, un bel appartement et une vie sexuelle active, ce qui ne gâchait rien. Bref, tout ce qu'un homme normalement constitué pouvait espérer. Malgré cela, dans le groupe, sa présence était toujours une source de controverses. Égoïste et prétentieux, il nous exaspérait par ses discours cyniques, son manque d'altruisme et ses complaintes incessantes sur sa vie. Il était de ceux qui « n'acceptaient pas le chômage » et jamais il ne se serait abaissé à donner le moindre centime à qui que ce soit dans la rue, considérant toutes personnes inactives comme des assistés et des parasites. Si tout le monde ne le portait pas dans son cœur, à sa mort pourtant, le cimetière était rempli et tout le groupe était venu assister à la cérémonie.

Après l'enterrement, je fus désigné pour me rendre à son bureau afin de vider ses affaires et libérer les lieux au plus vite. L'entreprise comptait remplacer son poste dès que possible. À mon arrivée, les lieux témoignaient encore de sa mort, et la baie vitrée qu'il avait choisi de traverser pour mettre fin à ses jours béait, simplement barrée de ruban blanc et rouge.

Je tombais rapidement sur ces lettres… Envoyées par un jeune détenu d'une prison de la banlieue lyonnaise, elles étaient accompagnées d'un journal intime tenu par mon ami décédé. Malgré ma curiosité, je mis le tout dans mon sac et commençai à faire le tri dans ses affaires.

Sur le chemin du retour, mon esprit ne cessait de me ramener à ce journal et à ces lettres. À peine arrivé chez moi, je m'enfermai dans mon bureau pour en savoir plus sur cette relation épistolaire. C'était plus que surprenant de l'imaginer s'intéressant à la vie d'un tiers, inconnu et qui plus est repris de justice. Après lecture, le plus inattendu se trouvait dans son journal intime qu'il tenait en marge de ces missives. Plus qu'un journal, c'était une lettre d'adieu. Il n'y avait qu'un peu plus de quatre pages noircies, mais la réponse à la question de son acte était là.

« J'écris d'un trait. Pas de faux-semblants ou de mensonges.

Ma psychiatre m'avait conseillé de me pencher un peu plus sur le sort des autres… Vous étiez exaspérés par mon cynisme et mon désintérêt total du genre humain. Et si je vous disais à tous que mon état d'âme actuel était de votre faute ? Ce qui me conduit à écrire ces lignes et à faire ce que je m'apprête à faire découle directement de votre "conseil"…

Après plusieurs consultations, elle m'a proposé d'entrer en correspondance avec un jeune prisonnier pour prendre conscience de ma chance. Une sorte de thérapie dans la thérapie. M'obliger à prendre quelqu'un en pitié pour mieux comprendre… Ça sonnait comme une belle connerie et c'était, à mon avis, très limite, moralement parlant.

David me parlait beaucoup de sa vie en prison. Moi, je lui parlais beaucoup de ma vie d'homme "libre". C'était un vrai miroir. Il ne se plaignait pour ainsi dire jamais de sa situation. Et je remplissais mes lettres en crachant ma rancœur et ma haine du système auquel je participais, pleinement conscient que ce même système l'avait envoyé dans ce trou. Il me racontait ses journées — semblables à celles d'un enfant — devant la console de jeux ou devant la télé avec ses compagnons de cellules, les parties de football dans la cour, les repas à la cantine, les séances de cinéma une fois toutes les deux semaines, les magazines pornos qui passaient de main en main. Moi, je lui décrivais ma vie, le stress et l'argent, la liberté de la vie et la prison du travail, les femmes, vous.... Je l'imaginais en train de lire mes lettres derrière ses petits barreaux, comme je lisais les siennes derrière mes grandes fenêtres.

Pourquoi ne répondait-il jamais à mes questions sur les viols, les bastons, les règlements de compte, les deals, la violence omniprésente ?

Et moi, pourquoi est-ce que je ne lui parlais jamais de ces bonnes soirées entre amis, des vacances loin de tout, des femmes qui partageaient mon lit, du bon vin, de ma réussite ?

De sa vie de merde, il tentait de ne voir que le bon. De ma vie privilégiée, je ne voyais que le mauvais. Nos deux existences remplies de mensonges s'entrechoquaient à chaque mot, échouant à décider qui de nous deux était le plus… heureux ou malheureux ? Je ne sais même plus.

Puis le mécanisme s'est mis en marche et, à ma grande surprise, nous sommes rapidement devenus complices. De mauvais complices confortant l'autre dans sa comédie. Nous évitions de creuser les questions qui auraient pu ébrécher la vision que nous avions de nos mondes respectifs, nous enfonçant petit à petit vers un chemin plus sinueux. À mesure que notre mensonge croissait, le poids du réel se faisait plus lourd à supporter. L'effet le plus pervers était que j'aimais cet exutoire qui me faisait cracher cette bile noire et malveillante. Comme un second Moi que je cherchais à expulser, un confessionnal de la honte.

En tout cas, c'est comme ça que je le voyais de mon côté du stylo…

Je n'ai plus eu de nouvelles pendant un mois.

Ce matin, j'ai reçu un appel de ma psy qui m'annonçait que David avait été retrouvé pendu par ses draps accrochés à ses barreaux.

Et je ne peux m'empêcher de me dire que c'est de ma faute. Il m'aura fallu tout ça pour comprendre. David essayait de rendre sa vie plus belle en occultant la part sombre de sa condition et en cherchant un brin de liberté par nos échanges. Il voulait que je l'aide à s'évader et à reprendre goût à l'extérieur, mais ma haine des autres, du monde et ma vision cynique de tout auront eu raison de ses espoirs. Ce garçon recevait chacune de mes lettres comme une délivrance alors que, tel un cheval de Troie, elles renfermaient un mal sournois et inattendu qui s'insinuait à chacun de mes mots, forgeant plus sûrement en lui l'inutilité de la quête d'un ailleurs ou d'un meilleur. Faute de retrouver sa liberté hors des murs de la prison, il l'aura cherchée ailleurs.

Un mot d'adieu à mon intention a été retrouvé dans son poing serré qui disait :

"Ami, nous sommes tous prisonniers à notre façon. Il n'y a qu'une lettre de différence entre barreaux et carreaux, mais l'un d'eux peut être brisé alors que l'autre est immuable."

Cette noirceur que j'ai réussie, à mon insu, à instiller dans l'esprit de ce jeune homme… Est-ce cela que les gens perçoivent de moi lors de nos conversations enflammées ? Rentrent-ils chez eux avec un soupçon de mal qu'ils n'avaient pas avant de me rencontrer ? Un mal que le feu de leur joie de vivre consume lorsqu'ils sont loin de moi ?

Le feu de David était étouffé par les murs qui l'emprisonnaient, incapable de brûler avec assez d'ardeur pour lutter contre mon venin. La tache noire s'est petit à petit propagée à coups de mots mêlés d'aigreur et d'acide, jusqu'à l'absorber totalement et le conduire à sa perte.

Je suis comme un virus. Je contamine les gens quand ils sont faibles. Je me développe en faisant du mal aux autres.

Je connais à présent le vaccin. »

Remerciements

Toutes ces nouvelles sont un mélange de rencontres, d'anecdotes, d'envies, de peurs, de nostalgie, de rêves, de doutes, de mélancolie, d'hommage et plein d'autres choses mixées, maturées dans mon cerveau toujours en quête d'aventures.

Merci à ces milliers de sources d'inspiration.

Merci à ma correctrice, La Fictionniste, pour ses conseils toujours avisés et son œil sûr.

Merci à Judy, d'Édition Artis, pour la mise en page.

Merci à Julia Périnel, de Fox Graphisme, pour la couverture qui me tenait à cœur.

Merci à ceux qui me suivent et m'encouragent de vive voix ou par messages ici et là… Et même par la pensée, je les entends.

Dépôt légal : Novembre 2024
ISBN : 978-2-3225-4321-2